持ち重り

鎌田尚美

思潮社

持ち重り

鎌田尚美

思潮社

目次

カバー作品＝渡辺里紗
撮影＝松尾宇人

持ち重り

じぶんだけのバッグ

肌も合わなければ気も合わないといわれて
とうに別れたおとこを追いぬいた気がして
すべりこんできた電車にそのままのった

かまうもんか、 いそいで帰ることもない
てきとうなところでひきかえせばいい
みどりの車体は埼京線だろうか

車内には　**教科書からはみだそう**　と進学塾の大きな広告があった

シートにすわり第3章でテロがはじまると聞いた、M・ウエルベック作のリュックのなかの『服従』、をとり出そうとファスナーをひくと、留め金が噛んだ

わずかにあいた隙間へ指を入れ、開こうとしたがうごかない

電車はとまることなく走りつづけ、見まわすとのっているのはおんなばかりで、スカートをはきしずかに目を閉じすわっている

どのおんなもスカートとおなじとも布のバッグを、そろえた膝のうえにのせていた

埼京線のおんなはみな裁縫するのか

電車は地下に潜りおんなたちはいっせいに目を開け、バッグのファスナーを

スライドさせた
熱帯に咲く花のような甘い香りが充満した
どのおんなのバッグにも小さなおとこが入っていた

電車は速度を増した
どこへむかうのだろう

下車できない不安にかられ、下腹部がうずいた
振動はしだいに大きくひろがり、腿のうえのわたしのリュックのなかで、なにかが弾んでいる
躍動はせりあがり盛りあがり、はげしくなった

しずめようと手のひらでリュックを押さえると、指いっぽんぶんのファスナーの隙間から、血ばしった眼がこちらを見ていた

裂けて　破れるのは、もうすぐだ

夜に放つ

環状線沿いを歩いていた
月のない、外灯も疎らな

沈丁花の香りがした
雨の降る前には
強く香るという、
実を結ばない花が
闇の中で、芳香を
放っている

カラカラと音のする
なにかを踏み、
平衡をうしなった
育毛のスプレー缶だった
こんなものにも
躓くのか、と
ふーっ、と長いため息を吐いた

息とともに何かが出ていった
体が軽くなった気がした

通りを過ぎて行くのは、貨物トラックだけで
目に入るものに　五十音を、

順番に口にした

落ちている軍手の片方に　あ、　を
栄養ドリンクの空き瓶に　い、　を
目薬のから箱に　う、　を
歩道橋に　え、　を
コインパーキングに　お、　を
自動精米機に　か、　を

名付けるように、
呼び掛けるように、
責め立てるように、
声にした
愉しい遊戯を見つけた気がした

二十七番目の　ひ、　を放ったのは
無人のガソリンスタンドだった
血の気が引き、
この場からすぐに立ち去りたいと
足を速めた
心臓が高鳴っていた

一台のトラックが前方の赤信号で停まると
運転手の男が窓を全開にした
カーラジオから大音量で、歌が流れてきた

　ハレルヤ　花が散っても
　ハレルヤ　風のせいじゃない

ハレルヤ　沈む夕日は
ハレルヤ　――

男が窓から身を乗り出し、
わたしの顔を見て何か言った

鼓動はますます大きくなった
信号が青に変わり、トラックは走り出した
向かいから自転車に乗った二人連れが
わたしの後方を指差し、
あの煙は何だろう、と
話すのが聞こえた

雨は、まだ降り出さない

さっきのトラックの赤いテールランプが、
目に焼き付いて、離れなかった

＊引用　なかにし礼「恋のハレルヤ」

逮夜

二十三時を過ぎて、正面ドアは閉まっていた
ようやく開いている出口を見つけると
スーパーの裏手の駐輪場に出た
三月の夜気は冷たく、業務用換気扇の
モーター音だけが響いている
外灯の下で放置された自転車が
重なり、倒れていた

草なら枯れる、肉なら朽ちる

自転車は錆びてなお、
じっと動かずに持ち主を
待っているのだろうか

倒れているから
だから、惨めなのだと
上になっている自転車の荷台を
持ちあげると、ハンドルが下の自転車の
前輪に喰い込んでいた

引き離そうとさらに高く持ちあげると
下の自転車の前籠が
チェーンで、鉄柱に繋がれていた

横になったまま縊死、しているように

上から抱き込んだのか、
下から掻き抱いたのか、
二台は絡み合ったまま離れない

「心中だ、」
思った瞬間、
片脚のスタンドが
跳ね上がり、脛を打ち付けた

強烈な痛みに耐え切れず
手を離すと、
自転車はガシャン、と

大きな音をたてて
アスファルトにぶつかり
サドルが抜け、
側溝に
転がり落ちていった

タイヤのチューブからは
空気の漏れる音が、

シューシュー
シューシュー

と、いつまでもいつまでもしていた

スチール

上野ガード下にあるコインロッカーの一番下、五百円の扉を開いて身体を柳
ピンのように腰から折り曲げ、後ろ向きで進み心地よくぎゅうっと、暗い箱
の中へ入っていきます
私を囲む冷たいスチールが、いつものように安眠を与えてくれます
赤ん坊が御包みで包まれると、安心するのと似ているかもしれません
うとうとと、微睡みかけたときです、スチールが振動を伝えてきました
私の他にも、このロッカーに入っている人がいるのでしょうか
息を詰め気配を探ります、どうやら右上の方向です
確かあそこは、三百円のロッカーです

私より身体の小さい人でしょうか
子どもかしらと思い、そう云えばずいぶんと昔、コインロッカーに乳幼児を
遺棄する事件が頻発したのを思い出しました

どうしてロッカーに入っているの、と声を掛けたい気もしますが、今の自分
の恰好を思うと、私のこの闇とその人の闇は同じなのかもしれません

右上に手を当てて、その人のいる面に触れてみます
一秒で十センチ肌を擦られると人は気持ちいいそうです
掌を上に向け肌を撫でるように、繰り返し、繰り返し、スチールの表面にや
さしくさわります
「人を励ますことで自分が励まされる」と書いた脚本家の台詞を覚えていま
す

その人の側を赤児の背をぽんぽんと叩く真似をして、子守唄を唄いたくなりましたが、子どものいない私が咄嗟に思いついたのは「犬のおまわりさん」で、迷子の迷子のこねこちゃんあなたのおうちはどこですか、という歌詞はロッカーに自ら入る者には不向きだと止しました

別々の仕切られた空間に各々収まっていても、思い出は出来るのですね
叶うなら、思い出を共有したいとさえ思ってしまいます

狭い密室の中で思いばかりが膨らんで、お腹の辺りがもぞもぞと変な感触がしてきまして、手で臍を押さえました
臍には動脈が二本と静脈が一本あるそうですが、何かが飛び出て、右上の人に触手を伸ばそうとしているかのようです

繋がりたいと思い過ぎたのでしょう

スチール越しの温もりにははしゃぎすぎました
少し眠ったほうがよさそうです

もしかして、右上の人から伝達がきたときのためにと顔を斜めにして、耳を天井にあて眠りにつきました

扉の僅かな隙間から入ってくる光と、微かな線香の匂いで覚醒すると、私の臍から出た柔らかな蔓状のものが、扉へとまっすぐに向かって伸びておりました

ピジョン

「ポッポッポッって」

「ポッポッポッ？」

「ええ、うつむいて鳴きますでしょ」

「……」

「似てると思いましてね、私に」

「似てる？」

「ええ」

「……」

「あのときもとても疲れていて、こうして駅のベンチに腰かけて、もうヒールも脱いじゃいたくて」
「ええ」
「そしたら、ポッポッポッって、近寄ってきて」
「ええ」
「もう、履いちゃおうかなって」
「履けたんですか」
「案外簡単に」
「そうなんですね」
「鳩も疲れていたのかも」
「ああ、」
「そしたらピッタリで、柔らかくて履き心地もいい」
「なるほど」
「外反母趾にもO脚にも」
「外反母趾にも、O脚にも」

「殿方にはわからないでしょ」

「まあ」

「機能的なだけでなく、デザインも申し分なくて」

「デザインも」

「生物だから個体差があって、色、柄全て一点物ですし、首の辺りの青鈍色なんて、人工的には出せないわ」

「そしてあのコピーを、ご自分で」

「考えました」

「『ついに女は鳩を履く、野生のショートブーツ誕生!』」

「学生の頃に住んでいたアパートが、青鞜の跡地に建っていた影響かも」

「雷鳥の」

「どこで何が起きるか、わからないものよね」

「二番線の蕎麦屋を始めるきっかけは?」

「ああ、あれは鳩靴には雌しか使わないので、工場の周りに雄が集まって求愛行動をするもので」
「はあ」
「雄鳩を蕎麦に入れちゃおうと」
「それで鳩蕎麦を」
「駅ナカはサラリーマンには便利よね」
「タイミングもよかった」
「そうね」
「鳥獣保護法から鳩が除外され、男性の育児参加が求められると四番線にミルクスタンドを作り、」
「鳩は雄も雛に授乳するのよ」
「採れたて卵で鳩ドーナツまで製造」
「ネット販売もしております」
「今やこの地は、鳩宮と呼ばれる一大産業地帯となり、大量の雇用を生み出し同心円モデルを作りあげた」

「………」

「続々と出稼ぎ労働者が、遷移地帯に押し寄せて来ている」

「………」

「何か大きなヴィジョンがあるのですね」

「そう、大きいピジョン」

「平和の象徴を利用して、何を企んでいるんです」

「カッコー、」

「カッコー？」

「托卵です」

「たくらん？」

「クックックックックックックックックックッ………」

「鳩を憎んで、鳩で稼ぐですか」

「鳩だけはつづけようと」

「九には屈して従う、の意味がありますが、」

「暗くなりますと目が利かなくなるもので」
「お聞かせください、」
「次の電車で参ります」
「どちらへ」
「平塚へ」

マルルー

あなたから届いた暑中見舞い、

今はなにに情熱を燃やしていますか、そろそろ会いたいです

タヒチ語で「ありがとう」という名前の喫茶店での放課後、クラッシュアイ
スのたっぷり入ったグラスへ、ポットの熱い紅茶を慎重に注ぎレモンの輪切
りを浮かべる
レモンを入れると、紅茶の色が薄く淡く変化する神秘を発見し、あなたとわ

たしははしゃいだ

　人生のなにも、なにもかも、色も、味も、濃さも、なにも、
　　ナニモカモ、知らなかった

「おとことおんなの友情は成立する、絶対に成立する！」
と夢中で語った十七歳の夏休み、森川くんの善意のサドルにまたがるのを拒み、自転車を押してゆるやかな坂道をセーラー服の襟をはためかせ、笑いながら駆け下りた
三つ折りの真っ白なくつしたで、踝を包みかくして

大阪の大学に進学すると共産党員の青年部にあなたは所属した
「ジュッテン・ゼロサン」などと党員同士が誕生日を表現するのが、すごくいやなのだと電話ではなしてくれた

三年生の夏にあなたの大学近くのアパートを訪ねると、京都のおとこを膝まくらして愛おしそうに団扇であおいでいたね
水色のワンピースを着て、踝を投げだして

卒業後もおとこを追いかけて、しばらくは京都で暮らしていたけれど、家族の反対で一緒になれなかったとおしえてくれた

失恋するとなぐさめあって、好きな人ができると報告しあった
本気で好きになったおとこはお互い知っていた

それぞれ結婚して、長い間会わないでいる

十年使っているうちの洗濯機は回転するとき、

「やんなっちゃう、やんなっちゃう、」
って音がするんだけど、三人のこどもの母親になったあかねの家の洗濯機は
どう?
ねえ、あかね
「人生は必然でできている　この世で起きることにはすべて意味がある」
あなたはいつも言っていた
今でも、そう思う?

あれから三十年生きてきてわたしは、やっぱり違うと思うんだ
「不条理で理不尽だと思うんだ」
あなたは父親から名前の由来を、生れたときの空が夕焼けだったからと聞いたけれど、十月のその時刻の日はもう暮れていると言ってたね

今、あなたに伝えたい詩があるんだ
中野鈴子の詩なんだ
もう知っているかな

夕焼けは燃えている
赤くあかね色に
あのように美しく
わたしは人に逢いたい

収穫

一〇〇〇度を越えて稲は実り、大宮台地で収穫がはじまると家にいなごがやってきた。

わたしがワンピースのファスナーに手こずっていると、昔から住んでいる男のように背中へまわって上まであげてくれる。

日記を書くときには後ろ脚を貸してくれて、つけペンのインク壜に浸しても関節をピーン、と伸ばしたまま大人しくしている。
脚先のブルーブラックのインクを拭きとってやると、ピョンピョン跳びはねて鮫肌の躰をぶつけてきて甘えたりもする。

米を研いでいるのを見るのが好きなのか、升で量っているとかならず傍によってきて、台所の電灯のひもに逆さまにぶら下がってずっと眺めている。

だからわたしは、パンも麵も食べなくなった。

壁時計の時報には、いつまでたっても慣れなくて、「ひーよ、ひーよ、」と四時を報せるひよどりの甲高い鳴き声がすると、いなごは慌てて寝室のメロン色のカーテンまで飛んで行って、そのままじっと動かずに擬態している。

斜陽を浴びたカーテンが夕張色に染まって、大宮台地を渡ってきた風で静かに揺れると、細い前脚で黄金色の稲穂にしっかりと抱きつくように、いなごもいっしょに揺れている。

青い麦

ショートカットで色黒のちえちゃんはビーチサンダルをはき毎朝洗いっぱなしの濡れた髪でやってきて、モーニングのBセットをハムエッグ半熟でアイスレモンティーを注文する

しまちゃんはいつでもスーツ姿で遅れてきてスポーツ新聞を広げているちえちゃんの向かいの席に座ると、Aセットのゆで卵を必ず固めでな、と言ってアイスコーヒーを注文する

ちえちゃんはしまちゃんが手首をくるくる回しロレックスを肘の方に下げ、ガムシロップを入れるのを見ながら、大きな目と口をさらに大きく開けて分厚いトーストにかぶりつく

ちえちゃんはとてもハスキーで、お酒を飲み過ぎたせいで嗄れちゃった、と笑うちえちゃんは湯島のキャバクラでホステスとして働いていて、しまちゃんはお客さんのようだった

わたしは大学一年の夏休みに「青い麦」という名の喫茶店でバイトしていて、ちえちゃんは夏休みを羨ましがって、大学行ってみたかったなー、勉強は大嫌いだ

ったけどと言った

わたしとちえちゃんの年の差はそんなに離れてないようで、ちえちゃんが三つくらい上で顔をあわせると家に遊びにきなよと誘ってくれたけどわたしは理由をつけては断っていた

夏休みも終わりのころ、店を開けるとすぐにしまちゃんが入ってきてアイスコーヒーだけを注文して一人でいると、大分たってからちえちゃんがきていつものBセットをたのんだ

おまえも沖縄にくるかとしまちゃんが聞いて、ちえちゃんは奥さんも子供もいる所に愛人のわたしが行ける

はずないでしょ、とストローでアイスティーのレモン
を取り出し笑った

しまちゃんの腕にはロレックスの時計がなくなってい
て、ちえちゃんはビーチサンダルだったけど、髪は乾
いていいてちえちゃんが伝票を持って支払いを済ますと
二人は出ていった

食パンを買いに出ると、角を曲がった路地でちえちゃ
んはしまちゃんの胸に顔を伏せて、泣いていた

わたしは迂回して食パンを買いに行った

† † †

私は三十年ぶりにコレットの『青い麦』を繙いていた。

読み返したい文章があったからだ。

それはヒロイン、ヴァンカの
「わたし決めたんです。あなたと別れて幸福になるより、あなたといっしょに不幸になるほうがいいって」

という科白だった。

勘違いだった。

探していた言葉は何処にも書かれていなかった。

他の小説と混同したのだ。

『青い麦』のラストシーンは、主人公フィルのこの文章で終わっていた。

《英雄でもなければ、死刑執行人でもない……。苦痛の僅かばかりと喜びの僅かばかり……。僕が彼女に与えたのはこれだけでしかなかった、ただこれだけでしかなかった》

＊新潮文庫の『青い麦』コレット／堀口大學訳を引用

呼び出し

いつだったか、
冷たい風が吹き出るこの柱を見つけたのは
中央改札から十本めの柱に背をあて、『伊豆の踊子』も『雪国』も読んだ
本を開く気になれず、往来する人を眺めてしまうのは昨日見た夢のせいか

夢の中に出てきたのは、誰だったのだろう
駅の階段で頭を下にして倒れ、顔は俯いていたので見えなかったが、身体の
捻じれがもう、生きてはいないと知らせていた

廻りにはトウモロコシの黄色い粒や、紅ショウガなどの男の吐瀉物があった
ズボンが半分ずり落ち、陰毛が見えていた
吐瀉物の中に私は何かを探していた

行き交う人の中に死者も交じるのはお盆だからか、読みかけのジョイスのせいか
雑司ヶ谷墓地も此処からは近い
生者はマスクをし重い足取りで、死者は帰省できる喜びからか浮足だって見える
生きた婆さんと死んだ婆さんのために、壮年の男性が買ったケーキの箱を、死者が覗き見ている

私は雑踏の中にあの人を探しているのか

その日、男がいつもは丸めてぐしゃぐしゃに持つスポーツ新聞を四つ折りに
畳んで、脇に抱え帰って来た
泰山木の花びらを拾ってきたと云って、新聞紙の間から真っ白い大きな花び
らを出した
ツルハシで肉刺のできた男の手から、柔らかな花弁を受けとると自分の胸に
宛がい、私には大き過ぎるとはしゃいだ
男の好きな茄子の煮浸しを食べながら、もう少し余裕ができたら犬を飼いた
い、と私が云うと男はなんだか妙な表情をした
マルチーズやプードルではなく柴犬が私たちにはいいのではないか、柴犬は
飼い主にとても従順なのよ、とつづけると男は考えているようだった
雑種もいいね、懐けばきっと可愛いわよと云うと、男は犬は飼えないと云う
あら犬は嫌いと聞くと、赤犬を食べた事があり、それから犬は呼んでも傍に
来なくなったと云った

そう云えば散歩している犬と出くわしても、男が犬に関心を示すことは無かった

池袋はよく人にぶつかる街だと思っていたが、死者たちにも秩序があるようだ
死者にも待つ者がいて、帰途を急ぐ姿を見ていると家に帰るのが嫌になった

朝、玄関の扉を閉めたときの施錠音がいつもよりガチャリと重たく、私が私の指でおろした錠だけれど、その音は私が私を閉ざしたようにも聴こえた

いつもの垣根に咲くはずのない花があり、道端に寄ると栗の実が落ちている
拾おうとして咄嗟に、手を引っ込めた
柔らかい腹だけを喰われ、角と頭だけになった甲虫だった

皆、旨い場所を知っているのだ

垣根に目を凝らすと、縮れた小さく赤い花びらが蜘蛛の巣にのっていた
風に飛ばされた百日紅の花が、蜘蛛のセイフティーネットに引っ掛かったのだった

終電も迫り、駅構内も人が疎らになってきた
スカートから出ている足首が冷たく、摑むと両手の熱が奪われていった
温めようと頬に手をあてると、素麵の薬味に卸した生姜の香りが指の爪の間から匂ってきた
此処にいて、何があるというのか
家を出るとき、脱いだスリッパを内向きに揃え出てきたではないか

帰ろう、そう自分を諭しているとき、電話の音が響いた
コインロッカーの前の公衆電話だ

ジリジリジリジリ、ジリジリジリジリ、

早く受話器を取らないと切れてしまう
慌てて駆け出し転倒したが、それでも公衆電話に走って行くと呼び出し音などなく、ロッカーの前で一匹の油蝉が、ジジジ、ジジジ、と大声で鳴きながら、硬い床の上を裏返ったまま翅をバタつかせ、転げ回っていた
打ち付けたお尻の辺りが痛くて、近くの公衆トイレに入りスカートをたくし上げると、ふさふさとした赤毛の尻尾が生えてきていた

洪水

夕刻となりしだいに雲は垂れ込め、やがて雨が降り出した
テレビの予報通りに

天気の予報は当たるんだね
今日の感染者数が、画面の左端に出ている

ナイロンのパーカーを頭からかぶり短パンを穿き、裸足でサンダルを履くと
アパートの裏の農道へと向かった
雨はすぐに私の顔を濡らした

畔の雑草も水を引き入れたばかりの田も、なにもかもが雨に、雨に、打たれていた

真っ白な鈴蘭は毒を孕み、薄桃色の夕化粧が花弁に赤い脈を打ち、ぼおうっと薄白く煙る中で全身を雨に打たせ、生生しく撓るように揺れ騒めいている
　誰にも見られずとも咲く花よ、盛りのついた者等を何處へ隠した

滑らかな、硯のような田の面に水紋が広がる
生きることしか考えないものが田の底で、夥しく犇き蠢き隙間なく肌を寄せ、こちらを息を殺し、じっと窺う
　無数の眼《まなこ》　無数の滑り《ぬめ》

電車の汽笛に目を上げると、オレンジ色の明かりに包まれた車体が薄闇を横

断して行く

不要不急の人が乗らない電車だ
夜は電車を美しくするね

電車を見送り農道に目をやると、突き当たりに黄色のグラジオラスの厚ぼったい大輪が見えた
勢いを増す雨に角度を合わせ傘を差し近づくと、それは用水路の窪みに置かれた使いかけの堆肥袋で、中途を棕櫚縄で縛ったものが花のように見えたのだった
薄闇と雨のせいで華麗な花に見えた黄色のビニール袋を見つめていると、カーバイドで爆死した渡辺直己を思い出していた
ビニールの花瓣が強風で震えるのに踵を返し、I字の道の行き止まりから急

いで離れた
ウレタンのサンダルの冱る冷え切った足で泥濘を走った

日中戦争に志願した渡辺は、豪雨の日に外のカーバイドの袋を片付けるように指示されていたが、短歌の創作に夢中になって怠慢で放置し、三一歳で爆死したと言う

渡辺よ、そうなのか
本当はなにもかもが嫌になって、死んでもいいと思う雨の夜があったんじゃないのか

激しくなる雨が傘を差していても、四方八方から容赦なく吹き込んでくる
前を向いても、下を向いても同じだね
濡れてる傘は家には入れられない

アパートに戻り電灯のスイッチを手探りで付けると、何處から紛れ込んだのか足の甲にガガンボが這い上がってきた
生きるに不自由そうなか細い手足のそのものを、外へ逃がそうとベランダのガラス戸を開けると、さっきまでいた田圃で蛙がいっせいに、割れるように鳴いている

やっぱり潜んでいたね

なかなか離れないガガンボを夜に押しやると電車の通過する音がして、温かなオレンジ色の車輌を想い出そうと、目を閉じた
浮かんでくるのは黄色のビニール袋で、夜気に混じって硝煙の臭いがした

思川

父は競輪で、母は一昨日から家に帰っていません
昨日の夜は弟の喘息の発作と、戸を打つ雨の激しい音で私も弟もよく眠れませんでした
今日の給食の献立は揚げパンとミルメークで、休みたくないけれど弟を病院に連れて行く日です
片道四十分かかるバスの中で本を開くと、まだ文字を読めない弟が読んで、としつこくねだります

今週から母親狩りが始まりました

世の中から母親は全員いなくなります
　お母さんという言葉も禁止です

私の作り話を弟は、じっと聞いています
大雨で増水した思川の荒々しい流れとどす黒い色が、車窓から見えました
　お母さんと呼んだ子どもは、思川に投げ込まれます

弟の耳元に囁きました

＊　＊　＊

やっと診察が終わり、次は会計の順番を待ちます
私は読みかけの本をバッグから出しました

弟は読んで、とはもう言いません
番号札を渡して、掲示板にこれと同じ44の数字に明かりが点いたら教えてね、と言って本を開きました
しばらくして「お姉ちゃん」と呼ぶ弟の声がして、パタパタと駆け寄ってくる足音がしました
ちょうど物語は絶頂にさしかかっていて、私は本から目を離しませんでした
すると「お母さん、」と叫ぶ声がして私は顔をあげました
44の番号に明かりは点いていましたが、弟の姿はどこにもありませんでした

師走の椿

トイレットペーパーを買いに出た
地蔵さんの前の十字路を右に曲がったとき、

「もう、いやだ」
「心底うんざり、」

と、高い所から聞こえてきて
赤い椿と白い椿が土塀の上から

いくつも顔を出して、こちらを見ていた

「あなたが捥げな　首から捥げろ」
と赤い椿が揺れて、
ドサッ、と重たいものが落下した音がして、
履いていたスニーカーの前に
自分の頭が落ちていた

白い椿が降るように鮮血めがけて散り、
私の白い靴下も
白い椿も、真っ赤に染まっていった

持ち重り

自家製に惹かれたわけではないが、最中の看板を見ると和菓子屋の中に入っていた
一つでは恰好がつかず二つ最中を買い袋は断って出ると、敷地内に古びた煙草の自動販売機が置かれている
四十九種あるタバコの四十七個に、売切れの赤いランプが点灯していた
上着の左右のポケットへ透明のフィルムで包装された真四角の最中を入れた
外気の冷たさに両の手もポケットに隠すと、フィルムの直角がアルコールで荒れた手指を突く
師走になって塗り直された、路上の白線を見遣りながら最中に触れた

死刑囚が、刑の執行の直前に出された最中を見て
「最中はさいちゅうと書くのですね、わたしは刑の最中なんですね」
と言ったという

スーパーからジングル・ベルの曲が聞こえてくる
隣りの駐車場の鉄柵には、茶色く枯れた蔓がぐるぐると巻き付いて、その先
に種子ができていた
四方からの強い照明で、昼顔は夜になっても夏が過ぎても、漏斗状の淡紅色
の小さな花をいつでも開いている
狂イザク花も結実し、また此処にこぼれ、根を張るのだろうか

ポケットの中の手はフィルムのせいか、いつまでも温まらなかった

ペットホテルの脇を通ると明かりが消えている
仔犬、仔猫の販売もするこの店舗のオープン時に窓から覗くと、チワワのいるゲージの間近に漂白剤の容器が置かれていた
ピンクの外壁には狂犬病予防ワクチンの接種をしましょう、と貼紙があり
（コロナも依然怖いですが、狂犬病にかかると百パーセント死亡します。）
と書かれている
犬だろうか　人間だろうか　両方だろうか

最中はポケットの中で、持ち重りするようだった
背を丸め歩きながら、柔らかな和紙に包まれた最中を、掌でそっと運ぶことを夢想した

畑の方面から煙の臭いがした気がして、子供のころに近所の焚火で竹が破裂

し、干してあった私の白い肌着の胸のところに大きなまるい穴が開いたのを
思い出していた

長い塀の前へ出たとき、ガタガタガタガタッ、と石塀が突然激しく揺れた
呆然と立ち尽くしていると、背後にいた人が地震でしょう、塀の側は危ない
ですよと言った

最中は掌で潰れていた

アパートの外階段を上りながら、今朝凍っていた水道管をなにかで、包まな
くてはと考え一段ずつ進んだ

階段の途中の踏み板に足をかけたとき、呼ばれたような気がして振り向くと、
行き止まりの道の先にある電信柱に灯が灯り、巨大な蠟燭のように見えた

肉声

日本海側にブナの木が多いのは、りすが冬に備えて食糧として埋めたどんぐりを深い雪が覆い隠し、やがてその実が発芽するからだと聞いた

蓋を外し、インスタントコーヒーの広口瓶の薄紙を破り、周縁をわずかに残し切り取り、褐色の顆粒にスプーンを入れる、開けたばかりの瓶はスプーンを入れたままでは閉まらない

良いものが入りましたと甲羅を店主に摑まれ、逃れようと宙に必死で手足を

バタつかせるすっぽんが客の目の前に出され、嚙みつこうとぐっと首を伸ばし、大きく口を開けた姿が画面にクローズアップされテレビを消した

白菜の鮮度を保つため、芯の先端部分にある成長点に爪楊枝を三本刺し活動を止める、濡れた新聞紙で包みながら何年も前の事件の報道をおもいだしていた

追突事故が起き、被害にあった前の車から運転手が降りてくると自分の車のトランクを開け中を確認した後、追突した運転手に詰め寄り、こう言ったという

「どうしてくれるんだ、死んでるじゃないか」

炊飯器の釜に研いだ白米を入れタイマーをセットし、水道の蛇口を開栓し洗濯機を回して家を出た

駅に貼られていたポスターの文字が　僕たちは悪くない　と読めて、近付いた

僕たちは、寒くない。冬眠しない動物たちへ。　スキーのキャンペーン広告だった

その横のポスターには黄色い下地に黒く大きな文字で　目の前の人をよけるより、大事なことってなんですか　と書かれている

戦禍のため地下鉄で三人の妊婦が出産したが、医療が受けられずに赤ん坊の一人が亡くなったニュースをおもった

スーパーに設置された地方銀行の無人のＡＴＭに防弾チョッキを身につけた二人組の警備員が、床に膝をつき大量の紙幣を数えていた

黄色の道路維持作業車が並び、信号機のない場所で青いユニフォームの誘導員たちが棒を振っている内側で、横断歩道の掠れた白線を塗り直している人がいる
路面の剝離紙が作業員の手で勢いよく剝がされると、乾いた白い塗料がちらちらと風に舞った

――あなた、ほんとうに行くの
――ああ、行くよ
――やめて
――もうコンサートはどこも満席だよ、
みんな同じ方を向いて座っているから
大丈夫だよ

前を歩く男の、肩に提げた買い物袋から突き出た長ねぎが揺れている
夏にはひまわりの咲く陽当たりのいい空き地を、腹の大きな雌猫がゆったりと横切っていった

玄関のドアを開けると、米の炊きあがった匂いがしてくる
運転の終わった洗濯機の蓋を開いて中を見ると、おろしたての白いフェイスタオルに赤い付着物が点々と散らばっている
タオルを取り出して纏わり付く赤い粒状のものを指先で摘むと、シャツの胸ポケットから出し忘れたＵＦＪの、利用明細の切れ切れになった紙片だった

耳鳴

わたしは誰といたのでしょうか、

出会ったときは、違う名前を名乗っていました
何も聞かされないまま一緒になりました
戸籍がないので婚姻届は出せませんでした
子どももできましたが、なぜ偽名なのか、なぜ戸籍がないのかは聞きませんでした
あの頃は戦争孤児もたくさんおりましたし、………

語らないのには、語らないだけの理由がある気がして、——

仕事も転々としておりました、戸籍がないから書類を出せなくて、揉めて辞めてきちゃうのでしょう

でも子煩悩で、もの静かな人でしたよ

ぽつりぽつり重い口を開いて、桜花を発案したのは俺なんだ、と言ったときには愕きました

そうです、特攻の先駆けとなった桜花です

わたしにはやさしい人だったんです

戦争を体験した人間で、今まで生きてきて自分は、一度も汚いことをした事はないと胸を張って言える人間が、果して一人でもいるのでしょうか……

春が待ち遠しいと多くの人は言いますが、あの人が人間爆弾とも呼ばれた兵器の発案者と知った日から、わたしは春が嫌になりました

桜の樹の下には死体が埋まっているといいますが、わたしには爆弾が埋まっているようで、いえ、桜の樹じたいが、爆弾に思えるのです

桜花と名づけられ飛び立った、着陸する車輪もエンジンもない翼のついた爆弾の材料は、ほとんどが木材で翼はベニヤ

帰って来ることを目的としない飛行機を作るのは、簡単なんだそうです

生まれかわったらまた、一緒になりたいかって、さあ、どうでしょう………

来世があったとしてわたしもあの人も、また、戦争のある時代に生まれてくるのでしょうか、

ト・ト・ト・ツー・ト

長いこと耳鳴りに悩まされているのですが、

「ト・ト・ト・ツー・ト」と聞こえてくるんです

母機から桜花が切り離されるときの、信号音らしいのですが

・・・―・

白い月

へびとしていきてきたが
ほんとうはりゅうになるはずだった
めのあかないうちにははおやとはなされ
へびになってしまったとおとこはいった

みたことのないははおやを
きれいでやさしいひとだったともいった

男の烈しい気性は内部の血流をも滾らせ

みずからを傷めつづけた
ニトロを舌下に心臓を宥めたが
四九で寝たきりとなった

昼のつくる夜を八年と
夜のつくる昼を八年と
朝になれない朝を一年
真っ白い天井だけを
ながめて過ごすうちに
失語症となった

満月の二度ある月の二度目の
満月の夜に男は静かに逝った

銀歯

月の光が樹海に射し込むと、銀歯は自分の宿主だった男の白骨のまわりを動きはじめる。

右手の人差し指の煙草の匂いが染みついた肉はとっくに腐って無いが、銀歯は男の指骨にあいさつをする。

男は起床すると一服するのが習慣だった。

今日、銀歯は左腓骨が無くなっているのに気が付いた。

山犬が持っていったのだ。

銀歯は男の姿をひととおり確認すると、糸切り歯を探しにいく。落葉のうえを転がってゆき、土の中へ昨日より深く埋まってしまった糸切り歯にはなしかける。

男が三十年都会で暮らしても、消えない東北訛りを同僚にからかわれると、いつも銀歯をぐっと噛み締めたことや、好物のはたはたが挟まったのを取ろうと、舌先で銀歯をなんどもなんども擦ったのが、とてもくすぐったかったことなどを。

男の口中に唾液があふれるのを思いだし、銀歯はシダの斜面を下りてミズナラの根元の苔むらに冷やされにいく。

月が真上に上がるころ、北風が吹いてきた。

風は男の小さな骨や髪の毛をどこかへ飛ばしてしまうので、銀歯は大嫌いだったが、近ごろは風がソヨゴの葉を鳴らして、男の骨を獣から護ってくれるのを知った。

今では風とソヨゴの奏でる音は、男との婚礼の寿歌のようだ、と銀歯は思う。

雪隠詰め

十四階の受付を出ると、正面に富士山が見えます
富士見坂と呼ばれた土地一帯を市が買収して、病院の入る高層ビルをこの地に建てたのが分かる気がします
富士を見る度に、自分を誇らかに思うのです

院内の白壁に飾られた雪子さんの写真が、私を励ますように微笑みかけてくれています
写真の雪子さんは美しく上品で、こんな人がこの世に存在していたとは思えぬほどです

この町ではある年齢を超えた、あるいは何らかの理由で子供を産まない、と
決心した女性は検査と毎月一回の診察を受けることで、マイナンバーよりも
身分の証明として価値のあるエシカルカードを交付されます

待合室には市の広報に掲載された雪子さんの、インタビュー記事が置いてあ
ります
関西の名家の出身で、美人四姉妹の三女として可愛がられて育ったことや、
子が出来ないために嫁いだ先で苛められ離縁されたこと、日本国中を見たう
えで、この町を終の棲家に決めたことなどが書かれています
「この身体は置いて行く、好きに使って結構」
と見出しがあります
嫋やかに見える雪子さんの、芯の強さが伝わってきます

この記事をなんど繰り返し読んだことでしょう
雪子さんの祭りの年は観光客が過去最多を記録し、この町に転居してくる女性が増えたといいます
このビルの最上階の住人だった雪子さんは、十五階の高級スーパーでよく見かけられたそうです
対面式の売り場で惣菜を購入出来るのは、エシカル会員だけの特権です
プラスチック入りの食品を消費するほど、エシカルポイントは貯まります
含有量の一番多いポテトサラダと、次に多いハーブ入りソーセージを一五〇グラムずつ量って貰います
好物の卯の花を我慢した雪子さんのように、わたしも大好きなひじき煮は注文しません
来るべき日のために、準備を整えます
ここのものは食べるほどに、肌は蠟のように滑らかに、色も透けるほど白くなっていくそうです

雪子さんが効果を実証しています
ポイントが最大に貯まると、いよいよ川流れの儀式です
この町の女は、エシカル登録を済ますと髪を伸ばし始めます
流れるときに髪が川面に広がり、見物人の目を一身に引きつけられるからです
プラスチックを自らの体に蓄積し、環境問題に貢献した者のお披露目です
かつて石女と蔑された者が、脚光を浴びるのです
雪子さんは前の晩には身体を浄め、髪を二度洗ったといいます

綾瀬川を長らく讃えられながら流れたのち、体は回収され火葬されます
火葬場の建設はよく反対に遭うそうですが、この町の住民は歓迎します
女性単身者向けのマンションの工事が、間に合わないそうです
廃棄されたプラスチックを食品添加物に加工する工場も、常に働き手を募集しています

少子化問題に手厚い隣町の人口を、もうすぐこの町が追い抜くようです
プラスチックを食べ続けた体は硬質な材料となり、若者に需要の多いイヤホンに製造されます
とても良質な音を生み出すそうです
子を持たなかった者が若い人の耳に差し込まれ何かを奏で、ずっと聴いて貰えるなんて、何て素敵な身の処し方でしょう

わたしもいつか、そう遠くない日に川流れが出来ると思うと、綾瀬川を見にいきたくなりました
川沿いを歩いていると鈴虫でしょうか、松虫でしょうか、虫の声が降るように鳴り渡っています
川原風を受け芒がそよぎ、月明りで白く姿のよい石が照らされていました
持ち帰ろうと手に取ると軽く、見ると貝殻です

つやつやと光沢のある巻貝を手のひらで転がすと、穴の中からどろりとした真っ赤な液体が、どくどくと止まることなく流れ出てきます
虫の音に混じって嗚咽のような噎ぶ声が、手の中でどんどんどんどん大きくなっていきました

逐電

【枯れ木も山の賑わい】
会場に入ると毛筆で書かれた大きな金色の額縁が、正面に飾ってあります
最前列に座り桜をつとめます

SDGsの懸賞に応募した人たちが受付で、「特賞、おめでとうございます」
と声を掛けられ、五百円の図書カードとパンフレットをもらい着席します
壇上の鶴子さんがまず、「今日は意識高い系の皆様の前で、お話できるのを
光栄に思います」と挨拶をします

レーザーポインターを手に鶴子さんは、ボードのグラフをジグザグと、大きくWの形に繰り返し、動かします

わたしは練習した通りに、一番前の席でポインターを上、下、上、下、と首を可動域いっぱいに、素早く動かし追いかけます

火葬をやめると一体で、300kgの二酸化炭素の排出を削減でき、そのうえ人間コンポストは、70kgの栄養満点の堆肥になることが説明されます

わたしの大きな頷きは、しだいに会場じゅうに伝播していきます

出席者たちもわたしを真似して、首を大きく上げ下げするのが、振り向かなくてもわかります

頃合いを見計らって鶴子さんは、透明のボトルに入ったフルーツグラノーラを、皆さんの前に差し出しました

ボトルを振ると、中の粒がザッッ、ザッッ、と小躍りするかのように音を立てます

「死んでからが勝負なのです」と鶴子さんがひと際大きな声で言いました
「死んで花実が咲くものかと言われたのはもう、一昔前の話なのです」ザッツ、ザッツ
「私たちは死んでなお花、開くのです」ザッツ、ザッツ

この赤いラズベリーの実は可南子さんです、派手好きで賑やかなことが大好きだった彼女は、死んでもこんなに発色のいい果実になるのです
この黒いレーズンは勝利さんです、名前のように負けず嫌いでここの霊園で一番の収穫をもたらしてくれます
またグラノーラの原料になっているのは、純子さんという方で孤独を愛し群れるのを嫌っていましたので、多めに甘味料をまぶしても、べとべとせず他の素材とくっ付くことなく助かっています
またここだけの話ですが、と鶴子さんは声を潜めます

「この中にはある高貴なお方が姿を移行して入っております」と鶴子さんが
胸の前で乳児のようにボトルを優しく抱きかかえます
皆さんのお手元にあるパンフレットの表紙写真の大樹が、そのお方です
身分を明かすことは出来ませんが、そのお方の詠まれた和歌がこちらです、
とボードに映写されます

おぼつかな誰に問はましいかにして始めも果ても知らぬ我が身ぞ

もうお気付きの方も多いでしょう、と鶴子さんは会場全体に熱い視線を送ります

こうして死者たちは個性を発揮し、生者の前に現われてくるのです
死を身近に思ったそのときから、命の循環は始まっています
SDGs　よき堆肥になるために自己を労わりましょう

SDGs　よき性質がよき成果を産み出すのです
私たちは　けして老害　なんか、じゃないのです、樹齢百年の木は樹齢十年の木よりも大切にされるじゃないですか

参加者たちの瞳も潤み、きらきらと輝いていることでしょう

最後は全員で大合唱で閉めましょう、と鶴子さんがいつものように提案します
「皆さん、立ち上がりましょう」の声にわたしは誰よりも早く床を蹴って、勢いよく立ち上がります
背後でいっせいに椅子を引き、立ち上がる音がします

鶴子さんがフルーツグラノーラのボトルを両手に持ち、二本のマラカスのように振って音頭をとります

ザッツザッツザッツザッツザッツ…………

五十の婆あが、ざっくざく
五十の爺が、ざっくざく
六十の婆あは、さっくさく
六十の爺やも、さっくさく
七十の婆様、かりっこりっ
七十の爺様も、かりっこりっ
八十のじじばば、さっくさく——

ソレ、ざっくざく　ソレ、さっくさく
ソレ、ざっくざく　ソレ、さっくさく
ソレ、ざっくざく　ソレ、さっくさく

死んで花実を咲かせましょう
死んで花実を咲かせましょう
命いっぱい咲かせましょう

＊『源氏物語』匂兵部卿巻から引用

透明な雨

いつだったろう、この前替えたのは
立春だったか、雨水だったか
そろそろ頃合いだと思い、浄水器を取り替えた
コップに注いだ水を、ごくごくと飲み干すと
無味無臭の液体が食道を下っていった

猛暑のせいか、
体のだるさがつづき
微熱もあるようだった

歯茎から出血し、
やがて、髪が抜けだした

膝裏を掻くと
ぶよぶよした何か、に触れた
恐る恐る指で触ると
ぽろっ、ぽろっ、と床に
蛆が転がった

あしを持たないものが、わたしのあしに
蛆を掻き出し手を洗うと
浄水器の記号が、目に入った
型番だろうか

235U

急いでキーボードに打ち込み、検索をした
「ウラン235　広島に原爆投下」

八月六日だった
交換したのは

浄水器の水を
（水を、）
飲んでも飲んでも、渇きは癒えなかった

（水を、ください）
（名まえは）
水を飲むごとにわたしは薄まって
（……）
（泣かないで、）
焼き尽くされた者たちの液体で
（泣きませんから、　たすけて）
わたしは濃厚になる気がした
（ごめんね、）

あしもからだも、
こころ　もささげよう
無念を味わったものたちへ

（おねがい、）

部屋のなかにも、透明な雨が降って

（つれてっ、て、）

濾された水がわたしを濡れ通し、被い尽くします

路面の「止まれ」の白文字を見ても、つばめとしか見えなくて、ああ、もうこれはと決心がつきました。


オスカー・ワイルドの『幸福な王子』の二三頁を開き、紙面から八センチのところに左の眼を宛がいます。

そして丁寧に舐《ねぶ》るように文字を辿っていくのです。

神に召されたつばめが、今も楽しく天国で歌っているなんていんちきです。

力尽きて王子の像の足もとに落ちたつばめに、息を吹きかけ親指の腹でやさしく撫でてやります。

やはりつばめは寒さで凍え、冷たくなっています。

わたしは王子を真似て、「つばめさん、つばめさん、小さなつばめさん」と呼びかけます。


王子の言いつけを守り、王子のふたつの目のサファイアを抜きとり、宝石がなくなると体を覆っていた金箔を剥がして、不幸な人々に届けた従順なつばめです。

驚かさないように嘴から、ゆっくりと呑み込んでいきます。

これは誤嚥ではありません。

わたしが決めて、わたしが呑むのです。


冬になっても南の国へ渡らずに、雪が降っても霜がおりても、目の見えなくなった王子に、いつまでもおそばにおりますと言ったつばめです、じっと静かに咽喉をつたわり下りていきます。
気管にすっぽりおさまると、つばめの躰はだんだんと温まっていきました。

つばめは快復すると王子にしていたように、異国を自由に飛び回って見てきた話をしてくれました。
近頃はおしゃべりにも厭きたのか、ずっと黙っていることが多くなり、自分の中のつばめを忘れていることがあります。

通りを渡ろうと待っていた、夜のことです。
信号が赤から青に変わった刹那、ふいに胸が締め付けられるように苦しくなりました。
咽喉の奥でプルッツと、つばめが震えたのがわかりました。
わたしはそのまま動かずに、青信号を見続けました。
つばめはまた、プルッツと躰を震わせました。

目をうしなった王子に、春になったら大海のように青いサファイアをふたつ持って帰りましょう、と言ったことをつばめは思い出したのでしょう。

わたしは胸に手をあてて王子に会いたいんだね、と声をかけました。

それきり、つばめは何も答えなくなりました。

夜の信号の青は「止まれ」
そしていつまでもいつまでも王子のことを想うのです。

＊新潮文庫『幸福な王子』西村孝次訳を引用

蘖

（この手この足を使って生きるのが尊いのです）と、何処かのお坊様がテレビで話しています
ああ、こんな世の中になってしまったけれどこの手、この足、で生きていく

栗の樹の黄白色の尾状の花の香が、風に漂って街全体を覆っています
今年はいつもより、一段と強い気がします

椅子を倒し私の目元をタオルで隠すと、鬱の人の庭はわかりますよねと、美容師が耳元で囁いたのは、芒種だったからだろうか

力加減は大丈夫ですか、と慣れた手つきで髪を洗いながら聞いてきた
次回、ひと月以内の御来店ならリタッチ料金になります、とメンバーズカード
ドを渡され出た

海から遠い街だからでしょうか
幸せそうな家族が海に泳ぐクジラを見ているペンキ絵と、「何でも買い取ります」と書かれたリサイクルショップの店先で、百円二百円三百円と三箱に別けられて、鋸、金鎚、釘抜き等が大型工具大特価と並び売られています
どれも大き過ぎるし、錆びついています
鈍器として凶器にはなるなと屈んで見ていると、自分の上をどかどかと大勢の人が移動する音がして、自分は踏みつけられて土に還っていくのだと思った
体で遊ぶのも飽きたし、心が闘うのも疲れていたから、それもいいかと思っ

ていると、自分はどんどん伸びて本木になった

この手、この足、で生きていくと、今朝思ったばかりなのに、こんなことになっちゃったのは昨夜、背中に生えていた太い毛を男が頼んでも「あら、変な処に間違って生えてきちゃった毛があるわよ」と、笑って抜いてやらなかったからかしらと思ったりした

もう伸びてくる白髪を染めなくてもよくて、美容院では髪の色を自分で決められたけど、幹の質感や葉の形、花弁の色は決められるのかしら
針葉樹は嫌だなと思ったけれど、元々の肌の色も姿形も、自分で決めて生まれてきたのでは無かったと諦めた

電車の警笛が鳴って、小さな男の子を連れた母親に通りすがりの老婆が、うちの子が子供の頃も電車を見ていると、気がついた運転手がよく警笛を鳴ら

してくれたんですよと話しかけていた
自分は子供を持たなかった気がするので、そんな話が聞けてよかった
だんだんと時間も、今いる場所もわからなくなるようだったけど、なんだか
とても懐かしい声がして、触れたいなと思って声の方を探したけれど、沢山
の枝や葉っぱで見えなかった
声が聞こえなくなっても、なんだか恋しくて姿を想い出そうとした

文字も忘れていくのか、西の枝先に飛んできた飲食店のチラシの『変わらな
いために、変わってきた60年』を読むのにずいぶんと時間がかかった

いろんなことが薄れていって、ただ立っているだけになってしまったけれど、
人の気持ちは手にとるようにわかるようになった
老人が電信柱に手をあてて、足元の地面をいつまでも動かずにじっと見つめ
ている

半年前に亡くなった愛犬を想っていた
家にきたばかりの子犬のときの走り回る様子や、老犬になって散歩が困難になり、抱きかかえて歩いたこと、電信柱で下してやるとどうにか立ち上がり、震えながら放尿していた姿を
老人はできるなら電信柱の根元に突っ伏して愛犬の臭いを思いっきり吸い込みたかった
老人を見ていたら、もし次があるのなら、犬に生まれてきたいと思った

若い女の客に八百屋の店主が店じまいをしながら、野菜でも果物でも強い臭いが出てきたら、もう腐り始めてる証拠だよと話している

わたしはくりの木になったのかもしれない

もう根付いてしまって、どこに行くことも、なにをすることも叶わないのだ

から、夢想くらいは自由にしてもいいだろう
昼でも朝でも夜でも、いつだってやさしい風に吹かれながら、大海原を悠々と泳ぐ巨大なクジラが尾で叩いて出来た、大きな大きな虹を夢見る

涸れ井戸

闇の中まんじりともできずに太腿を強く叩き、見ると掌に潰れた蚊と、真赤な血がべったりとついていた

虻は血を吸うんだよ
まさおの声を想い出していた

山羊が煩く寄り付く虻を払おうと、頻りと尻尾を振るのを見てまさおが、虻は血を吸うと云った

学校が休みになる毎に、刈和野の祖母に会いに来るまさおは、田舎のことは何でも知っているよ、と云わんばかりに自慢げに話すのだ

私が、違う虻は蜜を吸うのだ、口から出まかせだと云うと、まさおは嘘じゃないと怒った

座敷には先祖の遺影が掛けられていた

生きている人の写真しか見たことがなく、死んだ者の写真が飾られて在ることが恐ろしかった

着物姿の年配者の中に、学生服の男の子の白黒写真が二枚並んでいて、あの子も死んでいるのと尋ねると、熊と間違えられ撃たれて死んだと、まさおは云った

婆もまさおの母のさきえ叔母さんもいたが、何も云わず黙っていた

寝ていると襖障子の向こうから大人達の声がして、熊と間違えて撃ったと教

えたのを、まさおは素直だから信じていると話している
戦争で跡取りの長男が亡くなってしまったので、その嫁だった人と次男を一緒にさせた
子供も二人いたが、まだ小さいから懐くだろうと周りも云った
戦争が終わって暫くして、死んだと思っていた長男が戦地から帰還したときには、次男のものになった一家は睦まじく暮らしていた
親族一同は長男に、子供たちも次男を父と思っているのだから、お前も諦めて嫁を探せと宥めた
長男は隣村で生活していたが、ある日、晩飯を食べていた次男家族を猟銃で撃ち殺したという
まさおと同じ年頃の子が一人生き残ったが、何年かして冬の寒い日に涸れた井戸に飛び込んで死んでしまったと、ひそひそと話していた
襖の隙間から漏れる光で横に寝ているまさおを見ると、手足を放りなげ大の

字で寝息を立てている
扇風機の風が当たると、鼻の下の伸びた産毛がそよいでいた
隣りの部屋から灸の臭いがしてくる
足の悪い婆が夜になると、大蒜の上に艾を置き線香で火を点じているのだ
天井から下がる蠅取紙には幾つかの命が囚われ、これも扇風機の風に揺れていた

寝付けずに何度も寝返りを打ちながら、四方の写真を見ないように目を瞑り、まさおに背を向けた
いつの間に眠ったのか、目覚めると死者に囲まれているのは私だけで、隣りの床の生物の厚みは無かった
台所に行くと婆が板の間に両脚を伸ばして座り、その間に擂鉢を挟み藁から出した納豆を擂粉木で潰していた

尼ヶ崎で母が居たときは、納豆汁を食べた
母の作るのはひきわりの納豆をそのまま入れたもので、味噌が溶けずにいつも固まって残っていた

まさおは鶏舎で餌をあげていた
一羽だけ餌に寄って来ずまさおから離れていくものがいて、あの鶏は腹が減ってないいんだねと云うと、まさおは卵を産まなくなった鶏は人を避けるんだと云った

婆が縁側で洗濯物を干すのが見えて、籠から一枚一枚取り出し、干すのを手伝った
私の下着が見えて自分で干そうとすると婆はそれを丁寧に干しながら、もう初潮はきたかと聞いた

首を振ると困ったことがあったら、いつでも電話してきなさいと云った
婆は一人も子を産まなかった
さきえさんは婆の妹の子で、他の兄弟も親戚から養子にしていた
父だけが生後すぐ、庄内の旅役者の集落からもらわれてきたと聞いた

婆は冬の大綱引きの祭りを見に、また来いと云った
雄縄と雌縄を夜中に、村の若い衆らが掛け声を上げながら勝敗がつくまで力の限り引き合う、誰でも参加して縄を引けるし、千発の花火が上がる、と
冬に花火、と私が聞くと雪の降る夜の花火は格別だと云った
二月にやるから今度は、父さんと来いと云った

婆は血の繋がらない父を、一番可愛がっていたとさきえさんは云っていた

もう刈和野には来られない気がして、二月には冬休みは終わってると云うと
婆は笑った

裏庭のプラムをまさおが食べに行こうと云って、赤く完熟したのをまさおは
枝から捥いで食べた
果汁がだらだらと口から滴るのも構わず、まさおは頬張っている
土の上に落ちた果肉には蟻が群がっていた

本当に虻は血を吸うのと聞くと、雌だけが吸うんだ、と答えたまさおの口か
らは甘ったるく饐えた臭いがした

私は脚を掛け幹にしがみ付く空蟬を、何匹も剝がしていった
其処かしこに抜け殻はあった

枝先にある空蟬を取ろうと背伸びをしても高くて、さらにぐっと手を伸ばし
見上げると、空の遠くで鳶が旋回するのが見えた

鶏舎に行き産卵しなくなった老鶏に、空蟬を投げ入れた
交尾した蠅が重そうに、鶏舎の中を飛び廻っている
雌鶏は忙しなく頭部を動かし空蟬を突っ突き、光沢のない黒い眼で私を見上
げた

刈和野に居る間は、死んでいる他人に囲まれ眠った

婆が亡くなったと、ひと月前にまさおから電話があった
声変わりしたまさおの声を聞くのは初めてだった
婆の葬儀には行かなかった

もうすぐ新盆だ

血の付いた手を洗い布団に入った

産み付けられた土の温度によって、性別の変化する生物がいる
母の体温を感じながら母の胎内で、私は女になったのだろうか
母は温かかっただろうか

灯りを消し目を閉じると、まさおはまだあの話を信じているだろうかと思っ
た

耳元で雌だけが血を吸うんだ、と大人の男の声がした

略歴

神奈川県出身。埼玉県在住。

二〇二二年、ユリイカの新人。

持《も》ち重《おも》り

著者
鎌田《かまた》尚美《なおみ》
発行者
小田久郎
発行所
株式会社思潮社
〒一六二―〇八四二　東京都新宿区市谷砂土原町三―十五
電話〇三（五八〇五）七五〇一（営業）
〇三（三二六七）八一四一（編集）
印刷・製本所
創栄図書印刷株式会社
発行日
二〇二二年十月二十五日